Mardi, HP

Guylaine Menot, auteur,

Chez BoD :
Riff, 2020
L'Elfe sous mon oreiller, 2017

Chez Le Manuscrit :
Les Carnets cul de Gab, 2013
(épuisé)
Mortelle, 2009
La main coupée, 2003

Elina Bureau, artiste,

Pan créations
@pan.creations.elina bureau
(modèle photo de couverture
Marine Lecomte)

Mardi, HP.

Guylaine Menot

Ill. par Elina Bureau

A mon aigle,

G.M

© 2021 Menot, Guylaine
Édition : BoD – Books on Demand, 12/14 rond-point des Champs-Élysées, 75008 Paris
Impression : BoD - Books on Demand, Norderstedt, Allemagne
ISBN : 9782322377930
Dépôt légal : septembre 2021

Un mardi, j'ai laissé ma fille dans
une pièce vide.
Mon cœur est resté avec elle.

Je suis un soldat désarmé

J'ignore comment je suis rentrée

Hôpital psychiatrique :

Refuge pour ceux qui ont mal.

Visites :

On remporte un morceau de
douleur, on espère laisser quelques
poussières de lumière

Pantin désarticulé :

Mon enfant est là, malade, pliée,
tordue, révulsée, hurlante.
Où est donc ce médecin,
ce « Dieu »,
seul autorisé à prescrire la
délivrance à cet effet secondaire
d'un médicament ?

Aucun Dieu ne m'effraie.
Si son bureau était moins large,
moins protecteur,
je le giflerai.

L'heure est un système arbitraire
pour mesurer le temps :

1 heure, 1 jour, 1 mois, 1 an
2 heures, 2 jours, 2 mois, 2 ans

13

Je ne ressens plus aucune fatigue.

Je suis la fatigue.

L'univers a rétrécie.
Il a deux bras,
deux jambes,
son corps,
et son visage

Elle est devenue ma tempête.

Tout le reste a disparu.

C'est injuste pour « tout le reste »

Une trouée dans ce ciel de rage :
un point de ciel bleu

Mon enfant, vivant, revient d'entre
les morts-vivants.

Elle marche (dedans),
Je marche (dehors).

Nous marchons.

Nous conjuguons notre lien
invisible.

« La colère et l'anxiété
sont deux sentiments inutiles ».
Je sais.
Je comprends.
Je fais avec.

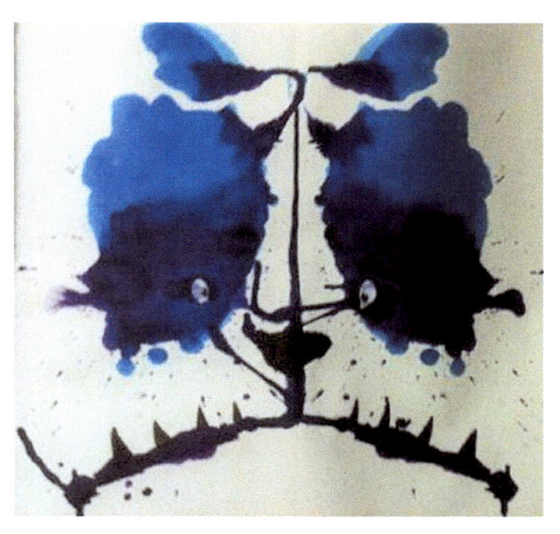

Sortie :

Le droit de marcher sur le même
trottoir que les autres,

Le droit de regarder les mêmes
nuages.

Selon le DSM actuel, ils sont 0,5%
à devoir vivre avec.

Forcément je me demande
si j'y suis pour quelque chose.

Etre compris de si peu…
Etre exclu des autres,
par les autres…

Dire ?
Expliquer ?
Ou
Cacher et mentir ?

Certains mots font peur.

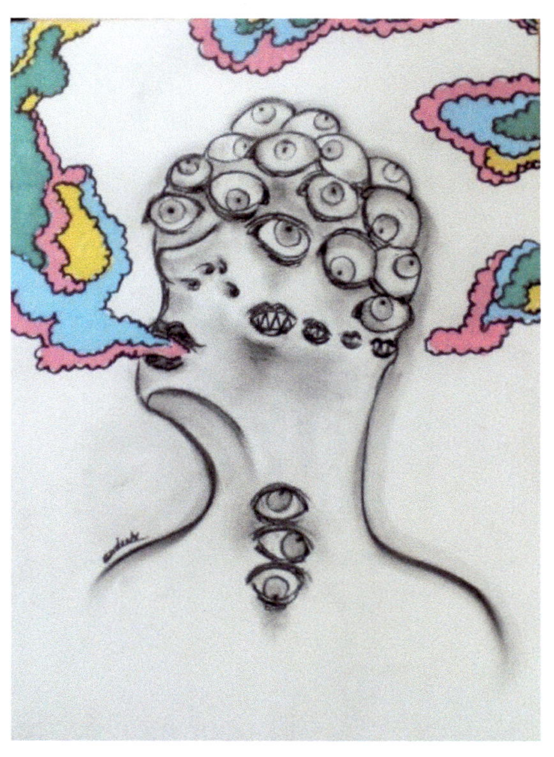

Traitements

Essayer
Recommencer

Avancer

Pour elle :
Respirer
Revivre,
Dessiner

Et pour moi, écrire

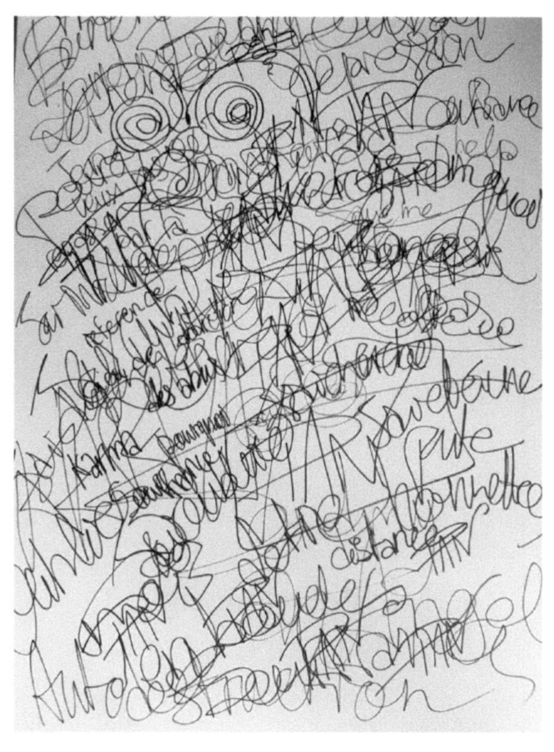

Mon oiseau blessé a repris son
envol.

Voler de ses propres ailes abîmées,
c'est être grand.

Ma fille est un aigle.

Elle a gardé un morceau de mon
cœur.

Je lui offre.

Il m'en reste assez pour respirer.